Willkommen im Regenbogenland

In einem Land von Liebe und Wundern. Lass dich
entführen von deinen Gefühlen und der
Wahrhaftigkeit deiner Träume. Glaube und staune
und folge deinem Herzen.
An dieser Stelle möchte ich mich bei allen bedanken,
die mich mit vielen Inspirationen versorgt haben.

September 2023
Ulrike Westiner

GEFÜHLE

Die Vergangenheit mahnt, Erlebtes wirkt.
Angst, Unglaube, Abwehr!

Dieser Sumpf birgt Einsamkeit, Kälte und
Erstickungsgefahr!

Weder das Gestern noch das Morgen
können das JETZT erfassen.

Ganzheitliches erfühlen, spüren, annehmen.
Absichtslos…

Genießend SEIN

VOLLMOND

Heute Nacht wird Vollmond sein!
Es leuchtet ganz sicherlich
Silberlicht zum Fenster herein.

Noch besser wird mir jedoch gefallen
mich im Mondenlicht zu baden
unter dem Sternzelt im See.

Wassertropfen sammelten sich
auf meinem Körper in Myriaden,
bleiben hängen in meinem Haar.
Zeitgleich und gedankenlos stürzten sie herab in
Kaskaden zurück ins eigne Element.

Du

Bist in meinen Gedanken
und schleichst dich in meine Träume ein

Schickst mir Nachrichten
voller Gefühl – ganz zart und fein

Eroberst mein Herz
durch Beharrlichkeit

Bodysurf...

Schaumweiß gekrönte Wellen locken mich,
ziehen mich an und ich will mich ergeben.
So stelle ich mich der Brandung und
lasse die Wellen auf mich zurollen,
spüre mich erbeben,
fühle mein Leben.

Beginne das Spiel mit den Wellen,
tauche ein in dieses Mein-Element.
Übergebe mich dem sanften Wiegen,
bin ich eins mit der Welle und selbst.
Salziges Wasser durchdringt mich
und wir sind untrennbar Eins.

Mein Herz

Mein Herz
ist gerade mal vergeben.
Es ist jemand eingezogen,
ganz leise und sacht und hat sich langsam breit
gemacht.

Mein Herz schon mehrfach zerschmettert
und furchtbar verbogen
erzittert und bebt,
es fürchtet und wettert!
Im Kampf mit dem Mieter
zeigt es sich zwidern und kalt.

Mein Herz hat verloren,
der Mieter gesiegt.
Es flüstert ganz leise:
„Bitte mit Bedacht."

Fels in der Brandung

Er steht fest in seinem Leben.
Er hat vieles erlebt,
wurde von vielem geprägt.
Er hat schon vieles bewegt,
ist immer am Geben.

Mit dir will ich
verrückte Sachen machen,
mich erheben und
neue Grenzen setzen.

Will mich an deine
breite Schulter lehnen,
träumend mit dir am Nachthimmel
die Sterne zähl'n.
Mit dir will ich lieben,
leben und lachen.

Die Wandlung

Die Sehnsucht schwelt
erhitzt das Blut
zum Leben braucht es Mut.

In die Ferne will ich schweifen
die Seelenflügel sind gespannt
und wolln nach Sternen greifen.

Doch unten hält die Teufelsbrut
gar fest mich hier auf Erden
so zerfalle ich in Ascheglut
und will zum Phönix werden.

Anleitung, um die Welt zu erobern

Guten Morgen Welt
Ich mache, was mir gefällt.
Hier, ich bin da.
Fröhlich meist, das ist klar!

Schenke dir ein Lächeln
Öffne dir mein Herz,
Habe für Jeden einen Scherz.
So wahre ich den Schein

Manches Mal noch bin ich
ganz klein
Doch springe ich fröhlich
über Messerklingen
Im Vertrauen auf ein
positives Gelingen.

Ein Lächeln überspielt
so manche Angst
Schafft Frieden, Freundschaft
und entspannt.

Der Fall

Wenn Rosen lange Dornen tragen
An Wänden schwarze Korallen ragen
Im Herzen Enge wohnt
Böses auf den Stühlen thront.

Eingetreten mit Schreckenshand
Zerschlägt dir alles, was dir wichtig im Land.
Holt aus und zerstört mit glutroten Augen
So ein Mensch kann nicht viel taugen!

Nun wird mit Angst und Schrecken regiert
Viele haben es gemerkt und keiner kapiert
Wenn erst einmal Blut von den Wänden rinnt
Niemand mehr übers Leben sinnt

Freude

Es sind die kleinen Dinge
leicht beschwingt wie Schmetterlinge
mich berührend und verzaubern
bringen mir mit Leichtigkeit Erschaudern.

Vor Freude in Gedanken lächelnd
deine Nachricht lesend
träumend in der Ferne weilen
schrumpfte gern die vielen Meilen.

Hier bleibt mir jetzt die Sonne zu genießen,
solch kleines Glück kann mir keiner verdrießen.

Mitternacht

Gerade schlägt es Mitternacht
Schon hat es ganz schaurig gelacht
Ein flattern und schlagen hinter dem Rücken
Entlockt keinesfalls ein Entzücken!

Der Vollmond hat sich hinter den Wolken versteckt
Dunkle Nebelwolken haben alles zugedeckt
Es ist zu spüren ein Bösewicht
Ein Flüsternder im Dunklen spricht.

Verängstigt ist mein Herz am verzagen
Wie konnt' ich mich nur auf die Straße wagen?
Da, wieder ein Kreischen und Fauchen!
Wird er mir gleich mein Leben aushauchen?

Kaum gedacht und schon geschehen
Keiner hört mein Flehen!
Die Klauen ins Fleisch sich bohren,
Der Lebenssaft fließt – ich bin verloren!

ANKOMMEN

Viele Wege
Viele Ziele
Umwege überwunden
Durch Verirrungen geschunden

Wie oft hat es geholpert…
Wie oft beim Lauf über steinige Strecken gestolpert?

Wie viele Berge waren zu erklimmen?
Und Meere zu durchwimmen?
Viele Brücken sind gebrochen,
Mit vielen Geistern wurde gesprochen.

Tiefste Täler sind durchwandert.
Bin an den einsamsten Küsten gestrandet.
Endlich habe ich einen Hafen erreicht!
Er bietet Heimat und alles scheint leicht.

Ich sage Dank meinem Gefährten,
Meinen Freunden – den Bewährten.
Angenommen
Ankommen

Wachstum

Vorsichtig in die Tiefe schauen
Wurzelt sie in Vertrauen
Und baut darauf was wachsen darf.
Mit der Zeit werden die Blüten treiben
Vermehren sich mit Freude, zum Bleiben.
Es ist Liebe, die anklopft und wachsen mag
Wird stärker von Tag zu Tag.

Bänder

Zwei haben sich gefunden
Mit einem Band sind sie verbunden
Unsichtbar windet es sich
Doch spürbar ist es sicherlich.

Gedanken

Katzengleich schleichend durch alle Räume
suchend und doch nicht findend.
Freudvoll denkend an so viele Träume
Gedanken sind dabei entscheidend
und doch…
Zu viele Gedanken sind ungut.

Ein Ozean

Ein Ozean voller Tränen
aus Emotionen die lähmen.

Von Traurigkeit umfangen
um die Liebe am bangen.
Alle Stärke verloren auf
einem beschwerlichen Weg.

Nur noch Vertrauen bleibt
als schmaler verlässlicher Steg.
Gehalten von Intuition –
aufrecht und gerade
erwächst neue Stärke

Verwirrt

Das Leben wirft uns aus der Bahn!
Voll gedröhnt mit Schmerzmittel sind wir ganz lahm.

Doch langsam rappeln wir uns wieder auf,
hoffen auf den normalen Lauf.
Sind immerzu die Gedanken am sortieren,
Fragmente anordnen und auch wieder verlieren.

Die Lieben um uns meinen es so gut,
doch hin und wieder schüren sie die Wut.
Überfüttern mit vielen Informationen,
verdrehen, verfälschen und ich kann es spüren.

Nur wo das Falsch ist, ist noch schwer zu erkennen.
Manchmal würde ich ganz weit weg rennen.
Doch die Hoffnung ist da,
ich sehe sie am Ende des Tunnels ganz klar!

Hoffnung

Wo Hoffnung ist, da ist das Leben!
Auch wenn wir zwischen den Wolken schweben
sind die Nornen an unserer Bestimmung am weben.

So manches Mal sind wir am verzagen,
sind wieder am lernen,
das Schicksal am tragen.

Es gibt Menschen an unseren Seiten,
die uns liebevoll mit Frohsinn leiten.
Unsere Gedanken in andere Bahnen lenken
wodurch sie uns Kraft und Liebe schenken.
So lebt die Hoffnung und ist am geben
zerschlägt die Zweifel und spendet Leben!

Mein größter Wunsch

Demütig gegenüber dem Leben
ist es mein einziges Streben
Schmerzfreiheit und Genesung für dich.

Ruhe und Entspannung solltest du haben.
Es sind andere, die mit Ihren Klagen
dir Stress und Sorgen bereiten.

Dein Körper ist ausgebrannt und leer,
so fällt es deinem Geist unendlich schwer
einen klaren Gedanken zu fassen.

Ich wünsche dir Stärke und Kraft
und tu, was in meiner Macht,
um dir Energie zu geben.

Finger, die spüren

Finger, wie ein Schmetterlingsflügel
liebkosend über jeden Hügel
schwebend spürt auf weicher Haut.
Vorsichtiges spüren, ganz zart,
meist leise und selten laut
an Zärtlichkeit wird selten gespart.

Rosaroter Wolkentanz

Der Morgen mit Freude erwacht,
Sonne vertreibt die Kühle der Nacht,
färbt dabei die Wattewölckchen rosarot
und tanzt fröhlich um das Wolkenboot.

Herz siegt

Es sind Zweifel, die verunsichern.
Es sind Verunsicherungen, die lassen zweifeln.
Zweifel und Verunsicherung schaffen Schmerz.

Das Herz lässt uns lieben,
Liebe stärkt das Herz.
Schließe die Augen,
vertraue dem Gefühl und höre auf's Herz.

Achtsam

Aufmerksames schauen
Wahrnehmen was ist
Mit allen Sinnen vertrauen
Erspüren, sehen, hören, wo immer du auch bist.
Achtsam sein und mit Bedacht
das Leben genießen - in all' seiner Pracht

Der Sonne entgegen

Morgens von West nach Ost
ist es reine Seelenkost.
Egal was gewesen oder was gerade ist,
bleib fröhlich, sonnig, Realist.

Das Schicksal bestimmt dein Leben,
die Nornen sind immer am weben
und bauen so manche Überraschung mit ein.

Zur Freude kommt so manche Pein.
Jede Herausforderung führt dich durch manchen Kerker,
schlägt Wunden - macht dich härter.

Am Abend fährst du zurück von Ost nach West,
hast vieles bestanden - auch so manchen Test.
Die Sonne wärmt dir jetzt wieder dein Gesicht.
Ein Hoch auf dieses himmlische Licht.

Furcht vor Liebe

es lässt uns erzittern
Gefühle am entknittern
ein engender Schmerz
umfasst unser Herz

doch, was ist wenn...?
wir öffnen uns vorsichtig
werden verletzlich
sollten uns trauen
auf den anderen zu bauen

Gefühle am wallen
im Vertrauen wir fallen
niemals mehr bangen,
werden wir aufgefangen.

Vielmals

Jeder Verlust
Jeder Fall
Stürzt uns in ein tiefes Tal.

Es sind kleine Tode,
Die wir sterben,
Die das Leben Schwarz färben.
Mutlos sitzen wir mit starrem Blick
Sehen was vergangen ist.

Es sind dargebotene Hände zu ergreifen,
Nach Vorne zu sehen!
Die Wege hinter uns können wir nicht mehr gehen...

Begehren

Lippen die sich berühren
Hände die einander verführen
Herzen, die im Gleichklang pochen
Körper haben dieselbe Sprache gesprochen

Gefühle bewegend und unter der Haut
Daraus wird wohl Liebe gebraut
Spürst du diese Liebe tief in dir drin,
Nimm dieses Geschenk als besonderen Gewinn.

Blue Blue SkyWater

Das Blau des Himmels trägt mich
auf watteweichen Wolken
meinem Element - dem Wasser - entgegen.

Das Meer umfängt meinen Körper mit Salzwasserperlen,
reinigend und schwerelos treibt es mich
auf schneeweißen Schaumkronen.

Zum Zeitvertreib spielen die Wellen mit mir bis
mich eine große Welle erfasst und aufnimmt.
Auf ihr darf ich genussvoll reitend an den Strand rollen.

Die kleine Meerhexe

Flossenwedelnd zog sie ihre Bahnen
frei, unabhängig und rebellisch.
Ein betörendes Lächeln,
ein blauäugiger Blick
unachtsamer Moment.

Lockig langes Blondhaar verfing sich,
hing im Netz des großen Poseidons.
Glücksgefühle, Freude, in Liebe eins.
Gemeinsamkeit war die Option.

Unachtsamkeit zerschellte sein Boot,
brachte das ganze Leben aus dem Lot.
Jetzt irren beide durch das große Meer,
zäher Nebel macht die Bewegung so schwer.

Poseidon sieht Rot in seiner Wut,
wirft alles weit von sich
schickt eine immens große Flut.

Die Hexe zurückgezogen in ihrem Heim,
verstärkt die Mauer um ihr Herz,
das Schicksal leistete sich einen schlechten Scherz.

Sie köchelt, verwebt ganz viel Licht,
niemals sie den Normen entspricht!
Lächelnd betörende Rebellin, die sie ist

Flossenwedelnd wird ihre Flagge gehisst.

Komm, flieg mit mir

Komm, flieg mit mir!
Mit den Zugvögeln gen Süden.
Lass uns am Meeressaum spielend
die Wellen rocken.

Mit fröhlichen plätschern singend
ist das Meer am Locken.
Wilder als im Traum
sprüht gischtiger Meeresschaum.

Niemals werden wir hier ermüden
in unserem Element,
sind wir.

Vertrauen

Grundvoraussetzung
für Seilschaften
in Partnerschaften
bei Freundschaften

Besteht ein Fundament aus Vertrauen
können wir unerschrocken darauf bauen.
Selbst wenn die bösen Neider flüstern,
nichts und niemand kann's erschüttern!

Vertrauen ist ein starkes Thema
vor allem, wenn einer steckt im eignen Dilemma.
Etliche Menschen erzählen Mist
verunsichern indem, wer glaubhaft ist.

Sich in Besinnung zurückziehen,
die Ohren verschließend
und dem Herzen sehend
aus dem Alltag fliehen.

Mit zitterndem Herzen wieder erwacht
kehren wir in den Alltag zurück.
Die Ruhe hat uns angelacht
bringt bewährtes Vertrauen und Glück!

Dankbarkeit

Dankbar für alle Erfahrungen
häufig schmerzhaft
meistens anders als gedacht
hat mich zu dem gemacht
was ich heute bin

Dankbar für alle Ahnungen
intensiv unter meinen Begabungen
selten vor etwas bewahrt
schon gleich gar nichts erspart
auf meiner Lebensfahrt

Dankbar für jeden Moment
den ich bisher erlebte im Glück
mit dem Blick nach vorne, selten zurück
sehe ich den aufgehenden Stern am Firmament
spüre Glück, ist immer präsent.

Dankbar für die Menschen an meiner Seite
für Freunde jederzeit ich streite
und bin da, wenn ich gebraucht.

Leben – Lieben – Lachen

LEBEN intensiv
in allen Facetten des Sein

LIEBEN exzessiv
bevorzugt den EINEN bei Kerzen- und auch
Mondenschein.

Hat das Schicksal für uns anderes erdacht,
dann wird trotzdem gelacht.
Trauer ist gleich unsichtbar
LACHEN hilft so wunderbar.

Morgen

Nach einer sternenklaren Nacht
erwartet uns ein Tag, der Freude macht.
Das Morgenrot von weitem verspricht
einen Tag mit Sonne.

Sperrt weg, was euch am Leben hindert
Es wird ein Tag in Blau
mit Sonnenlicht das Böses lindert.
Verbrannte Erinnerungen,
der Magen flau,

die Asche fliegt.

Tribut

Verausgabt, ausgelaugt und ausgebrannt
gepowert immerzu und zu wenig entspannt,
fordert der Körper seinen Tribut,
auf einmal ist es ganz akut.

Migräne und Herzrasen alarmierend warnen
Schmerzen heftig, ohne Erbarmen.
Der Magen gegen Nahrung rebelliert,
hat sich auf das wenige komprimiert.
Es ist an der Zeit zu überdenken
und sich selbst mehr Zeit zu schenken.

Eisblumen

Florale Gebilde
Gezaubert aus Eis
Wachsen am Fenster ganz wild
Zu verzweigenden Blättern im Kreis.
Blüten erscheinen fraktal
In ihrer Schönheit phänomenal.

Eisnebel

Eispanzer umfängt fliegende Gedanken
hinter lebhafter Stirn.
Gedanken dicht gedrängt werden eingezwängt, schnell
abgehängt.

Gefühle vereist, Energie entzogen
um Vieles betrogen
von waberndem Nebel
umeisend geschützt.

Pochendes rührt sich in Rebellion
kommt wieder in Aktion.
Wärmendes drängt nach außen mit Kraft,
spürt das Falsch an dieser Haft.

Feurig kommt es zu Explosionen
zerstört wird das Gefängnis aus Kälte und Eis,
gezahlt wurde ein hoher Preis!

Befreit ist das Herz aus kaltem Grab
rebellisch wirbelt es seinen Stab.
Langsam kehrt wieder Liebe ein und
sucht vorsichtig nach dem Verbindungsstein
der zwei Herzen zum Ganzen macht.

Noch ist da eine Kluft zu überwinden
rechte Worte sind zu finden

um freundschaftlich sich neu zu binden.
Mut, Wille und Kraft sind uns gegeben
und stärken für ein schönes Leben!
Berge und Ozeane

Beschwerlich ist jeder Weg auf den Gipfel
und windet sich meist unaufhörlich
durch Schluchten und düsteren Wegen hinauf
um auf grün schimmernden Bergwiesen
zum Lohn in der Sonne zu ruh'n.

Leise plätschert der Gebirgsbach über Kiesel hinweg,
sammelt sich zu einem glitzrigen Gebirgssee
darin spiegeln sich dunkle Baumwipfel,
umstreicht uns frischer Wind böig von Lee
treibt uns hinab an den Ozean
wo uns tobende Wellen erwarten.

Diese ziehen uns mit, ganz ohne Plan
und treiben uns an mit der schaumigen Woge zu
starten.
Heftig drückt uns der Brecher tief auf sandigen Boden
nimmt die Luft, erschwert das Atmen
spuckt uns wieder an Land.

So ist das Leben im auf und ab
Aufregungen halten uns auf Trab
und zeigen, dass wir leben.

Recycling

Herausgerissen ward das Herz
Noch immer tobt ein Schmerz
Wo doch nur noch Leere herrscht.
Zerfetzt in alle Winde verteilt
Ward dieses Stück von Fleisch
Kein Heulen nützt und kein Gekreisch

Worauf die Geier gefräßig sich schnell stürzen.
Verschlungen schnell und auch verdaut
Fällt der Herzenskot hernieder

Seht, seht und schaut!
Es sammelt sich und fügt sich wieder
Zusammen, wartend auf den Odem
Der ihm eingehaucht für ein neues Leben

Wortspielerei

In der Superlative
ist das Provokative
am wenigsten konstruktiv.
Deshalb sei kooperativ
und verhalte dich positiv
zur Steigerung des Relativ

Lustvoll

Deine Lippen auf meinen
im zärtlichen Zungenspiel befreien
die schlummernde Lust
in ein explodierendes
Haut an Haut
um im Gleichklang
eines finalen Feuerwerks
zu erschaudern.

Auf einmal...

Du fühlst
Du lebst
Du spürst
Du bist

Auf einmal sind da wieder Gefühle
Wo du einige Zeit nur Leere gespürt
Etwas hat deine Seele berührt.

Dein Herz spürt schon die Kühle
Entschwinden in ein neues Erwachen
Und vorsichtig erklingt ein Lachen.

Zart und knospend noch im Wachsen

Ängstlich öffnend nach Vorne schauen,
Versucht das Herz wieder zu vertrauen.

Zauber in Weiß

Oben auf dem Berg
bleibt der Mensch ein Zwerg.
Zwar dem Himmel ganz nah
Mit dem Gefühl er sei am Polar
Schmeckt er köstliche Kühle

Erschaudernd fühlend frostigen Wind
Tränende Augen machen ganz blind.
Mit ihrem Zauber in Weiß ganz pur
Verzaubert den Mensch die Natur.

Vernebelt

Morgennebel die Sicht beschränkt,
Gedanken vernebelt aufgehängt
Kreiselnd geschubst und weggedrückt
Schon wird es lichter - das entzückt!

Die Sonne nimmt Raum
Gefühlte Gefühle hält sie im Zaum
Freude gebärend ein Lachen
Erschallt und lässt ein Feuer entfachen.
Glühendes Feuer die Vernebelung frisst
Klärendes Herz, das niemals vergisst.

Sinnesrausch

Im Rausch der Sinne
Sinnesrausch

Höre ich deine Stimme
Gedankentausch

Bewegende Lippen
Tasten sich über die Rippen
Nährend sich am Mund des andern
Zum Küssetausch.

Im Wandel

Das Leben im Wandel
Ganz ohne Handel
Und doch so veränderlich

Wie Wellen und Wogen gelegentlich
Im Auf und Ab sich türmen
Und trotzen den Stürmen

So wandelt das Leben sich
Zum Guten - für dich und mich.

Mut

Es braucht Mut
Leben zu leben
In der besten Besetzung

Es braucht Mut
Liebe zu geben
Ohne Verletzung

Es braucht Mut
Entscheidungen zu treffen
Und diese dann auszusprechen.

Verdrängung

Die Gedanken an dich schiebe ich
In die Schublade des Vergessen
Die schöne gelebte Zeit…

War ich wieder einmal zu vermessen
Oder die Zeit noch nicht bereit
Ich habe geglaubt es könnte für länger sein.

Doch sicher kann ich's gar nichts sagen
Meine Zweifel lassen mich nur klagen
Anstatt zu Vertrauen.

Jetzt ist die Zeit um an Neuem zu bauen...
Altes lass los und weiter ziehen
Vor der Zukunft kann keiner fliehen.

Zwiespalt

Zwiespalt - und ich mitten drin
Weiß nicht wirklich, wer ich bin

Mich zieht's nach links
Mich zieht's nach rechts
Doch irgendwie steh ich – abseits

Wünsch' mir kalten Winter
Mit Schnee, Eis und kalten Hintern.

Wünsch' mir Sommerwärme
Denk an Vogelschwärme
Möcht' mein Herz vernageln
Wurd zu oft verhagelt

Und doch auch offen halten
Es soll sich frei entfalten.
So zwiespältig wie ich bin
Macht rein gar nichts einen Sinn

Sprudelnde Gedanken

So viele Worte in mir
Unsortiert sind sie hier
Schwer zu fassen in einen Text
Ohne Rahmen - es ist wie verhext.

Immerzu blubbert es in meinem Geist
Ist es Irrsinn, dass du mir Flügel verleihst?
Meine Wünsche und meine Gedanken
Sind ganz klar – keinesfalls am wanken.

Ich bin auf meinem Weg
Den ich wahrnehme als Privileg
Zu erreichen mein Ziel
Fokussiere ich mich,
Nehme es mit Freude als Spiel.

Liebe

Aufrecht steht die Liebe
Nimmt hin so manche Hiebe
Die lieblos auf sie nieder gehen

Nur sie wird daran wachsen
Lachend allem wiederstehn

Beweist durch ihre Stärke
Niemals wird sie untergehn.

Sprachlos

Gefühle sind sprachlos
Verwirren und schaffen Chaos

Sprachlos durch Gefühle
Drehen sich sämtliche Moleküle
Um zartbitter Herzen zu vereinen
Während die Saat noch am Keimen.

Sprachlos staunend erschaudernd
Ist die Hoffnung am lauern
Und beobachtet was unsichtbar
Sich im Verborgenen und unmittelbar
In der Entwicklung.

Morgenstimmung

Sonnenaufgang nach einer Regennacht
Erstrahlt in seiner schönsten Pracht
Dazu die Vögel fröhlich zwitschern
Raureifdiamanten auf den Wiesen glitzern
Fröhlichkeit öffnet mir mein Herz
Verbannt wird jeder Schmerz
Durch dieses Morgenwunder

Seelenqual

Sie umfängt dich – nicht nur heute
Raubt sie dem Herzen die Freude
Und den Sternen das Licht
Es ist ein lernen und verändert die Sicht.

Inzwischen schon vieles gesehen,
Vieles gelernt bis hin zum Übergehen
In ein bedingungsloses Lieben
Und weggeschoben was übertrieben
Sich breit gemacht.

Nach viel der Qual endlich aufgewacht
Jetzt wird als erstes wieder an mich gedacht

Schlaflos

Schlaflos
Traumlos
Gedankenlos
Wandert der Geist
Flussabwärts auf seinem Floß.

Er ist weit gereist
Sein Wissen ist groß,
Seine Weisheit grenzenlos.

Schmerzlos ist seine Umarmung
Während er spricht eine Warnung
Um zu leben im Hier und Jetzt,
Lebe in Liebe bis zuletzt.

Zerschlagen

Schwere Beine
Schwere Arme
Abgetrennt schwebt der Kopf
So scheint es unserm armen Tropf.
Sind doch schlaue Viren
Sich bei ihm am einquartieren.

Ingwer, Zitrone und Honig sind famos

So werden wir diese Parasiten wieder los
Ohne den Körper mit Chemie zu malträtieren
Kann sich alles bestens regenerieren.
Im Vakuum

Es ist Stille in mir und um mich
Alle Gedanken lassen mich im Stich
Eingepackt in Watte fühle ich mich – wie in einem Kokon.

Ausgebremst ist jede Aktion…
Nichts bewegt sich, alles ist wie eingefroren
Es scheint, alles ist verloren
Was ist des Schicksals Wille?
Was hat es mit mir vor?
Die Stille eröffnet ein dunkles Tor
Das Schwarze ist zäh und zieht mich ans Zentrum heran.

Da spüre und höre ich in der Ferne einen Klang.
Ganz zart und leise ist er noch am verhallen
Das Zähe lässt es nur dumpf erschallen.
Es zwingt mich dem Dunklen, dem Unbekannten zu
vertrauen,
Der Führung, der ich ausgeliefert bin.

Da fragt der Geist: Wo ist der Sinn?
Mit Mut wird durch diese Zähheit gelaufen
Der Glaube hilft nicht abzusaufen.
Hoffnung hilft in diesem Vakuum
An das Lichte zu glauben
Um mir alles zu erlauben.
Es hat die Seele aufgespürt
Mich in Freude aus der Starre geführt.

Frühling

Langsam flattert so ein güldnes Band
Zieht sonnig durch das Land.
Nimm das Liebste an die Hand
Es ist dein größtes Pfand

Schau dem Frühling entgegen
Er wird so vieles beleben
Was im Sterben lag.
Blumen werden wieder sprießen
Und Bäche freudig fließen.

Mit Sonne wird die Seele erweckt
Sowie das Herz kommt aus dem Versteck.

Tanz der Blüten

Herrlich ist es sich in der Natur zu bewegen
Während sich die Bäume im Blütenrausch überlegen
dem Himmel entgegen strecken.

Explosiv ist der Reigen aus weißen und rosa Blüten
Die sich durch dichte Knospen mühten
Um nun dem Bienenvolke ihren Nektar anzubieten.

Amsel, Meisen und noch mehr aus der Vogelschar
Sitzen auf den Zweigen und bieten ihre Melodien dar.
Säuselnd rupft sachte der Wind,
Bringt taumelnde Blüten zum Tanze geschwind.

Sie wirbeln nieder wie im Schneegestöber,
Legen sich auf die Erde – ganz ohne zu zögern.

Der Geruch

Frische zieht in meine Nase
Geschwängert blumig süß
Dabei steigt duftig aus dem Grase
Feuchte warme Erde

Nährend, auf dass der Samen Leben werde.

Es ist Frühling mit seiner ganzen Macht
Bringt Freude und Farbe in seiner vollen Pracht.

Befreit

Von einer Last befreit
Streifte ich ab ein Kleid
Schwarz und schwer
Hat es mich ummantelt
Trübte den Blick so sehr
Nun seh' ich wieder klar!

Nächtens...

Heute bin ich aufgewacht,
Dabei war es noch mitten in der Nacht.
Der Himmel Schwarz
Gar geisterhaft die Stille
Wo blieb da des Körpers Wille
Auf entspannenden Schlaf?

Gezählt hab ich da manches Schaf
Doch ohne Erfolg war ich am zählen
Sollt ich vielleicht etwas anderes wählen?
Der Kopf ist wieder übervoll
An Gedanken, die sich überschlagen.
Sollt ich meine Qual dem Mond vortragen?

Doch hier hat die Faulheit gesiegt,
Weil Orpheus mich im Arme wiegt.

Aufgewacht

In einer Oktobernacht
Es ist frisch und der Himmel klar
Es blinkt und glitzert eine Sternenschar

Meine Gedanken in die Ferne eilen
Um bei Meeresplätschern zu verweilen
Wo Wellenwogen krachend
An Felsen brechen

Freudestrahlend lachend
Genießend Lippen zueinander sprechen
Sternenzauber still gewacht
Während ich an dich gedacht.

Blues

Der Himmel ist seit Tagen bedeckt
Und alles nur noch trüb und Grau
Darunter hat sich Vieles versteckt.
Zäher Nebel hat es dicht umsponnen
Jetzt hat nun doch der Blues gewonnen
Wie alle Jahre im November ist er angerückt
Niemand ist wirklich entzückt.
Es lässt das Sein in Tiefen sinken
In Stille und im „Einsam sein".

Es dröhnt...

Gedanken will ich übertönen
Über Herzschmerz will ich nie mehr klönen!
Herausgerissen hab ich mir diesen Klumpen
Vorbei, vorbei – es kann mich nicht mehr lumpen.

Nun dröhnt ganz laute Rockmusik
von RAMMSTEIN durch meinen hohlen Körper.
Es summt in mir und ist für mich die allerschönste Oper.

Nebelmorgen

Kälte umfängt mich, Kälte ist in mir.
Wo ist die Wärme?
Fort ist sie – mit dir.

Nebel kriecht über den Boden,
Kriecht durch den dicksten Loden,
Ergreift mich tief im düstren Morgengrauen.

Während hoch oben am Himmel
Die Sterne auf mich herunter schauen.
Ganz hell leuchtet jetzt der Morgenstern,
Winkt mir zu, obwohl so fern
Mit seinem Zwinkern schickt er mir Freude

Die Natur ist mein Zeuge
Sie erwärmt meine Seele
Schickt Töne durch die Kehle
die im kalten Nebelmorgen
juchzend erfrieren.

Lebenszeit

Ich war immer am eilen
Fand selten Zeiten zum Verweilen

Mein Tatendrang –
Stark und fast unter Zwang.

Inzwischen bin ich in der Lebensmitte,
Gemächlicher sind nun meine Schritte.

Mehr Genuss findet sich in meinem Leben
Mit Reisen, Speisen, Berge erklimmen
Hinzu kommt das Meere durchschwimmen.

Bewegung ist mir noch immer wichtig
Für mich ist so ein Leben richtig

Abschied

Schau nach vorne, nie zurück!
Vor dir, vor dir liegt das Glück.

Die Vergangenheit, die ist vorbei.
Was war, ist heute einerlei.

Setze neu deine Segel im Wind,
Segle mit vielen Knoten geschwind
Aus dem Sumpf, der zäh dich umgibt.

Es sind böse Menschen, die gierig sich die Lippen lecken.
Böse sind sie und manipulativ am Pläne hecken.

Lass sie ins Leere laufen!
In hohen Wellen werden sie Dank Neptun ersaufen!

Nimm das Steuer in deine eigene Hand,
Suche dir dein La-La-Land.

Es ist ganz nah und niemals fern,
Es ist in dir, drum hab dich selber gern.

Wo nur?

Wo bin ich gewesen in der vergangenen Zeit?
Ich weiß nur, ich war weg in meiner Ferne ganz weit.

Auf der Suche nach dem Sinn in meinem Leben
Kann es ein Ziel für mich nur geben.

Diese Erkenntnis erhielt ich beim Stolpern
Durch unwegsames Gelände.
Die Tiefe, der Sog im breiigen Sumpf
waren mich am Foltern.
Da ging ich unter, griff nach allem, was sich bot
für meine Hände.

Doch die Kraft war das erste, was mich verließ.
Ach, wie fühlte ich mich mies!
Alles, was mir blieb, war mich selbst zu hassen.
Keinen Menschen wollte ich in meine Nähe lassen.

Wie ein waidwundes Tier hab ich alle weg gebissen.
Ich will Nichts und Niemand jemals wieder vermissen!
Tristesse war mein Begleiter für einige Zeit
So zog es mich immer tiefer, mein Leid.

Immer hab ich mich an anderen gemessen
War von diesem Kampf so besessen…
Irgendwann bin ich endlich aufgewacht,
Habe geschrien und laut gelacht!

Endlich begriffen und dafür endlich bereit:
„Mein eigenes Glück und meine Zufriedenheit!“

Facettenreich

Glück hat viele Facetten
Und bietet sich dar
In mehreren Paletten
Von Weiß bis Kunterbunt.

Es ist das Gelb der Sonne
Auch das Himmelblau
Verschafft wunderbare Wonne
Gespiegelt in der Drau.

Ein Gefühl das Herzen weitet,
Wellenrauschen in den Ohren klingt
Strahlendes Lächeln verbreitet
Sich im Fluge geschwind.

Glück im Kleinen
Das sind die Besonderen, Feinen.
Achte auf diese mit Bedacht
Haben sie doch eine ganz besondere Macht.